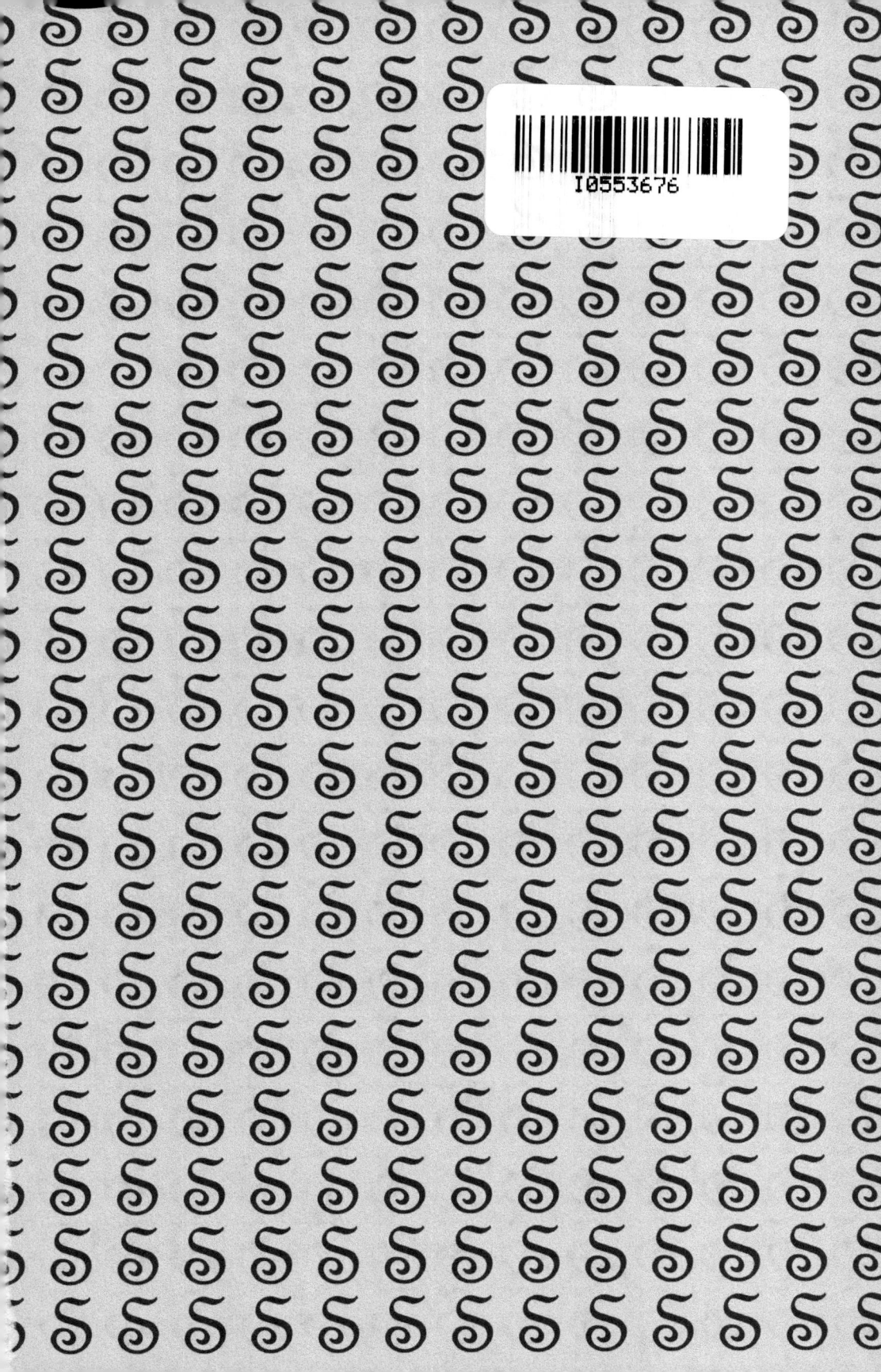

I0553676

A
Corta
Distancia

A
Corta
Distancia

Mónica Montero F.

Cuenteras al Sur del Mundo

Editorial Segismundo

5

© Editorial Segismundo SpA, 2014-2022

A Corta Distancia
Mónica Montero F.
Colección Cuenteras al Sur del Mundo, **1**

Primera edición: Septiembre 2014

Versión: 2.9

Copyright © 2014-2022 Mónica Montero F.

Contacto: Juan Carlos Barroux R. <jbarroux@segismundo.cl>

Edición de estilo: Juan Carlos Barroux Rojas

Diseño gráfico: Juan Carlos Barroux Rojas

Fotógrafo de portada: Cristian Quezada Valdés

Diseñador de la portada: Juan Carlos Barroux Rojas

Fotografía de contraportada: Nicolás Patricio Moreno M.

Registro Propiedad Intelectual N° 244.689

ISBN-13: 978-956-9544-00-2

Otras ediciones de

A Corta Distancia:

 Impreso en Chile
ISBN-13: 978-956-6029-04-5

 Impreso bajo demanda - Tapa Dura
ISBN-13: 978-956-9544-01-9

 Impreso bajo demanda - Tapa Blanda
ISBN-13: 978-956-9544-00-2

 eBooks y Lectores Digitales
ISBN-13: 978-956-9544-18-7

Dedico estos cuentos
a mis hermanas

Gloria y Gricel

"No era mi día. Ni mi semana,
ni mi mes, ni mi año.
Ni mi vida.
¡Maldita sea!"

(Charles Bukowski)

Prólogo

*E*l deber de un escritor es el de escribir. Tautología o pleonasmo; escritor es quien escribe. Escritor es quien escribe o describe, del latín *dēscrībere*, representando o detallando por medio del lenguaje y dando cabal idea del asunto o materia sobre que se escribe. Tras la lectura de estos cuentos, ¿qué duda cabe que Mónica Montero es una escritora? Una insigne descriptora, como antaño solía decirse.

Entonces, ¿qué nos describe la autora?

En casa pobre, no hay mujer buena
Refrán español

Una primera lectura podría inducirnos a imaginarnos la mujer, pobre y citadina, como hilo conductor con el cual se tejen las tramas de estos once cuentos, número significativo *per se*. Y es que la mujer urbana, sumida en la pobreza, es fuente inagotable de inspiración pues, aún en nuestro biempensante Chile, encontramos desde una disruptiva *Lumpérica*, de

Diamela Eltit, hasta *Una novelita lumpen*, del insoslayable Roberto Bolaño.

> *En casa pobre, pocos cuentos*
> *Refrán español*

Sin embargo, en una segunda lectura, vemos a Mónica Montero describir en sus cuentos a esa condición, casi maldición, tiernamente llamada *lumpenproletariat* por los siempre intelectuales marxistas, pues como bien escribiera Bernard Shaw en *Major Barbara*; *"The greatest of evils and the worst of crimes is poverty"*. Como buena hija de Minos, la autora nos invita a seguir su hilo en el laberinto de la pobreza, de la marginalidad y de las carencias físicas de estas mujeres; Marga, Lázara, Alma, Jesusita o Caína, perdidas en un mundo que no entienden, enfrentadas a los peores monstruos que su oscuridad supo engendrar en las lúgubres calles de esta ciudad.

> *L'or même à la laideur donne un teint de beauté:*
> *Mais tout devient affreux avec la pauvreté.*
> *Nicolas Boileau-Despréaux, Satires*

Descritas en un lenguaje simple, cotidiano, crudo, pero sin perderse en la trampa de la vulgaridad, estas mujeres pueden verse luchando sus ridículas batallas, en vano afán, con sus demonios personales, en pos de extravagantes sueños. Batallas perdidas, antes siquiera de iniciadas, en la frondosa marginalidad, quedando abandonadas a su suerte en una playa cualquiera de Naxos, como Clara del Pilar, al primer Baco venido…

> *Nil habet infelix paupertas durius in se*
> *Quam quod ridiculos homines facit.*
> *Juvenal, Satruam*

La calle Gálvez era pobre, con pobreza fea, sin adornos, como alarde de fealdad. La gente que pasaba era de humilde catadura y vestida para cubrirse con algo, sin ideas de adorno.
Joaquín Edwards Bello, El Roto

Mónica Montero enfrenta el dilema estético de la pobreza con transparencia, sin ensalzarla ni denostarla, sino mostrándola tal cual es, una dura realidad. Podados los adjetivos superfluos ante el insobornable deber de contar lo que la descriptora ve con los lúcidos ojos de su corazón. La pobreza no es fea ni bella, simplemente, es.

La pauvreté des biens est aysée à guerir; la pauvreté de l'âme, impossible.
Michel de Montaigne, Essais

La pobreza material no es la verdadera pobreza, pues, como bien decía Martial; *"Non est paupertas, Nestor, habere nihil"*. La verdadera pobreza, la más dura y cruel cara de la pobreza, es la del alma, la del espíritu, cuando se abandona la humanidad y se abraza la bestia negra apenas reprimida en el fondo de cada uno de nosotros. Y esa es la tercera lectura de estos cuentos, con mujeres como Nativa, Inocencia, Purísima, Thalia y Magdalena. Mujeres pobres en la materialidad, mujeres pobres de espíritu, radicadas en el centro de lo marginal, lejos de su propia humanidad. "Cosas, ella tenía cosas, que el resto de la *pobla* no tenía, pero no por eso dejaba de ser pobre", nos cuenta la autora con clara consciencia de lo que describe.

Do you think, because I am poor, obscure, plain and little, I am soulless and heartless? You think wrong!
Charlotte Brontë, Jane Eyre

Mon idéal, ce serait de travailler tranquille, de manger toujours du pain, d'avoir un trou un peu propre pour dormir, vous savez un lit, une table et deux chaises, pas davantage...
Émile Zola, L'Assommoir

No son estos cuentos una oscura descripción de la otra cara de nuestra bullente ciudad, sino que muestran los frágiles destellos de la esperanza, de la posibilidad de la felicidad, en el fondo de esta negra noche, de calles vagabundas. Los ideales, las ganas, las esperanzas, están, brillan como mostacillas en esta noche citadina, pues "Lazára quiere trabajar o estudiar, comprar ropa y comida, quiere formar una familia y dejar de vagar por calles oscuras, departamentos de amigas, o la casa de la abuela Leandra".

Van Gogh writing his brother for paints
Hemingway testing his shotgun
Celine going broke as a doctor of medicine
the impossibility of being human
Charles Bukowski, Beasts Bounding Through Time

Juan Carlos Barroux R.
Santiago de Chile, septiembre de 2014

Marga

*D*on Sergio, don Sergio, reaccione por favor, mire que la chiquilla está muerta, no puedo moverla, su cuerpo está duro y se me hace imposible sacarle la cabeza de aquí, mire, don Sergio, si usted no me ayuda, yo no voy a poder.

¿Cómo que no hay nada más que hacer, don Sergio? No me diga eso, yo soy el único que conoce a mi niña, y sé que se avergonzaría un montón de que la vieran ahí; humillada y con su vestido manchado de vómito, ayúdeme usted a sacarla y arreglarle un poquito el vestido, antes de que llegue la policía y quiera sacar fotos.

Marga vino desde Cuba, en realidad nadie tiene certeza de cuantos años llevaba viviendo en Chile, claro es que llegó en un circo mexicano, era un circo triple equis por llamarlo de alguna forma, donde actuaban travestis, bailarinas en *topless* y el número de La Mujer Maravilla, que realizaba Marga. Consistía en que se iba quitando, poco a poco la ropa hasta quedar totalmente desnuda, excepto por una inmensa flor de maravilla con la que cubría su entrepierna, luego daba una mirada picarona al público, abriendo y cerrando sus ojos color miel, haciendo que sus largas pestañas rozaran apenas su rostro, todo esto al ritmo de una salsa cubana. Entonces la orquesta marcaba un alto de timbales, Marga sacaba la flor de su entrepiernas y la lanzaba al público, dejando al descubierto un prominente falo, el que erectaba y dejaba caer como a un títere. Era una experiencia extraña ver a una delgada y alta mujer, con unos pechos perfectos y voluptuosos, traer entre los muslos un tremendo y oscuro pene. Los curiosos y morbosos del público aplaudían enloquecidos, gritando tanto improperios como piropos.

Dicen que este número la volvió famosa, allá por los años noventa, y que dejó el circo y su acto de Mujer Maravilla cuando se enamoró del Menta, un traficante que recorrió el mundo antes de asentarse en Santiago y que desde que se conocieron con la Marga, no hizo otra cosa que explotarla y vivir a costa suya. Pero la Marga no se mató por él, no, ella era romántica, pero no *güevona* como solía decir. Por eso, encontrarla en esas condiciones, para todos es una gran incógnita, para todos. Incluso para Domingo Ferrada, el nochero, y don Sergio, el conserje del edificio.

Ya he perdido la vista de mi ojo derecho Domingo, y poco veo con el izquierdo, imagina que el otro día me caí en pleno baile, no vi un pequeño altillo en el escenario, tropecé, y me *fui de hocico*, todos los *güevones* muertos de la risa. Yo, que fui una gran estrella, ahora tengo que soportar esas bajezas, no puedo darme el lujo de terminar siendo un chiste, imagina que me comiencen a llamar "la ciega" o "la coja", ya que la herida que me hice en el tobillo, en vez de secarse, se hace cada día más grande y supurante. Yo, Dominguito no puedo vivir sin dignidad.

Domingo Ferrada asiente moviendo la cabeza, él sabe que Marga tiene razón, ella ha dejado su departamento en Providencia, ha vendido sus joyas, y ha gastado todos sus ahorros desde que la enfermedad maldita (como ella llama al SIDA) la atacó, por eso terminó viviendo en este *cuchitril*, mezclándose con prostitutas de baja categoría, extranjeras que llegaron a la zona trayendo ovoides en el estómago y luego se quedaron para siempre, con la idea de trabajar en lo que sea y mandar dinero a sus hijos que se quedaron allá en una patria lejana y pobre, sin notar que Santiago es sólo una cara bonita, llena de recovecos oscuros por donde la pobreza se esconde, para que no la vea el forastero. De todas formas, y por el cambio de moneda, les sigue siendo rentable a los extranjeros quedarse a vivir acá, hacinados en pequeños *cité* o en este edificio carcomido por los años, ubicado en el Santiago viejo, desde donde se puede ver cómo la ciudad se adorna para Navidad, cómo las grandes y nuevas torres se llenan de luminosidad, letreros publicitarios que van dejando este lugar hundido en un pasado más oscuro y libidinoso. Por las noches se puede sentir a los borrachos escabulléndose de los ladrones, a las prostitutas siendo golpeadas por sus proxenetas, a los camiones cargados de verduras que se desplazan hasta la Vega Central. Toda la noche suceden cosas a este lado de la vida, dice don Sergio, cuando un bullicio infame les quita el sueño y se deben levantar a socorrer a un herido de cuchillo, o rescatar a una niña de diez años que vendía flores fuera de la "Piojera"; su mamá en medio de la *tomatera* olvidó que andaba con la Náyade y la dejó sola a su suerte, en medio de la calle y se marchó con el guitarrista ciego, el Jhonny Blues, ese que canta igualito a Janis Joplin.

Mira Domingo, yo no me quejo de llena, entiendo que ahora la gente logra sobrevivir con los medicamentos, entiendo lo que tú me dices, yo sé que por lo menos tengo la oportunidad de mantenerme estable y que antes la gente se moría de puro saber que tenía SIDA. Lo que yo quiero que comprendas es que una se siente como un montón de mugre con esta peste y como que una deja de soñar, y ya sabes que la vida sin sueños, no es más que una noche larga. De a poquito me voy poniendo fea y vieja, a veces no quiero salir de la cama ya que el frío se me mete por los huesos y parece que en vez de sangre, me corre vidrio molido por las venas. Me duele todo, Domingo, y lo peor es que me quedé pobre, y ya sabes que los pobres no son bienvenidos en ninguna parte. Va a llegar el minuto en que no me voy a poder mantener ni económicamente. Tengo que hacer algo Domingo, ayúdame a pensar en algo para cuidar mi dignidad. Me da terror ir por la vida sin fuerzas para nada, no quiero ni pensar en el momento en que no pueda caminar sola por las calles, cada vez que voy en busca de mis remedios me entero de alguna fatalidad: que a la Malucha Jiménez le vino una trombosis y se quedó sin movimiento en todo su lado derecho, que a la Lila se le cayó el pelo y que ya no trabaja porque no puede con su cuerpo, así, van pasando cosas, cosas que no matan a la gente, pero que la dejan buena para nada. Y de qué vale vivir, Domingo, cuando vivimos a medias. Yo prefiero estar completamente muerta, a vivir ratitos.

Ya hace tiempo que la Marguita no puede salir de esta depresión, piensa Domingo Ferrada, cuando al fin pudo volver a sus labores, una vez que ella se durmió y se dejó de hablar tonteras. El otro día le dio con que la eutanasia era una solución a sus problemas. «¿Será una medicina alternativa?», pensó, «estos cubanos son tan creyentes en brujerías que, tal vez, la Marguita se va a poner a contratar *santeros*, que la vengan a socorrer». Ella misma me contó que cuando les planteó la idea a los doctores, estos la mandaron a la punta del cerro, como se dice. Sí, aquí en este país ya eso de la hechicería pasó de moda, pero como la Marga es tan porfiada, seguro que va a seguir buscando y buscando soluciones.

Por eso aquella mañana fría, Domingo no sospechó nada, cuando Marga le pidió que fuese a la tintorería por su vestido rojo, que le pidiera a la Nacha Martínez que le devolviese sus sandalias doradas, y que rescatara de "La Tía Rica" unas joyas que mantenía empeñadas desde hacía unos meses. Nunca pensó que las flores eran para improvisar un altar dentro del departamento.

Marga se había puesto su mejor atuendo y su corona de Miss Simpatía que ganó en el Concurso de Travestis en Chile. La habitación olía a azucenas y a frutas.

Ella era la dueña de su destino, ella había elegido morir con dignidad, desechando la posibilidad de vivir de forma miserable. Lo aprendió en los libros de autoayuda. En esos libros dice claramente que cada uno es artífice de su destino. Ya lo pensó mucho, incluso lo conversó con Domingo, su único amigo, y él está de acuerdo, todos están de acuerdo con su decisión, por eso se va tranquila, sin resentimientos ni deudas.

Lo único que quiere es una muerte silenciosa, sin aspavientos, sin llamar la atención ni la lástima de nadie. Me quiero ir en paz se dijo, y se deslizó sobre la cama con delicadeza.

Las pastillas cumplen su efecto. Lo sabe por esa sensación de vértigo que la afecta. Cerró y abrió sus ojos intentando tranquilizarse, pero las ganas de vomitar se hicieron insoportables, corrió al baño. Un poco de líquido amarillo se escapó de su boca y estuvo a punto de caer, hizo un esfuerzo y se mantuvo en pie, su corona rebotó en el piso, se esparció un brillo de mostacillas, Marga por un minuto creyó flotar sobre ese brillo y sonrío. Afirmada en la muralla logró llegar a la sala de baño, sintió haber ganado una pequeña batalla, se arrodilló sobre el inodoro, todo se puso negro, su cuerpo cayó rendido y su cabeza se hundió en el wáter.

Lázara

*L*azára quiere trabajar o estudiar, comprar ropa y comida, quiere formar una familia y dejar de vagar por calles oscuras, departamentos de amigas, o la casa de la abuela Leandra. Pero le es imposible establecerse, demasiado difícil escapar de la noche y la cocaína. En los últimos dos años ha entrado y salido del psiquiátrico como quien se aloja en un hotel. El padre de Lázara está en la cárcel hace años y la madre murió de una sobredosis.

Yo la amaba, fuimos al mismo colegio mientras cursábamos la enseñanza básica. Hasta octavo estuvimos juntos y éramos los mejores amigos, la dupla perfecta. Ella era tímida y poco sociable, miedosa y callada, siempre fue silenciosa, eso la volvía aún más amable y delicada, tenía los ojos rasgados, una expresión de inocencia en el rostro, la piel blanca y el cabello color avellanas, se le hacían unos hoyuelos en las mejillas cuando sonreía. Escasamente se reía. Por eso yo estaba siempre pendiente de su rostro, esperando que, en algún momento como un regalo, apareciera ese gesto.

En los recreos nos sentábamos bajo el sol, a ella le gustaba la luz del medio día y seleccionaba lugares luminosos para nuestros encuentros. Compartíamos el membrillo machucado, la *marraqueta* con mantequilla, el jugo de naranjas que la abuela Leandra endulzaba con miel.

Yo me perdía de jugar a la pelota, correr por la cancha sin pasto de nuestra pobre escuela y jugar a la pinta. No me importaba, prefería a mi amiga Lázara ante todas las cosas, ella hablaba poco pero, cuando lo hacía, usaba palabras finas y poéticas, creo que ella leía cuentos de hadas, o poemas mágicos que encontraba en los libros de la biblioteca del colegio cuando no estaba conmigo, se refugiaba leyendo o escribiendo notas, notas que nunca compartió con la gente, ella era muy reservada, o más bien le avergonzaba escribir.

Una vez que tuve fiebre a causa de una faringitis, ella me envió una nota que decía: *hermano mío, ven, está llorando/ en nuestro cuarto oscuro una página en blanco/ Ven antes que el maldito esqueleto me quebrante las sienes.*

En esos momentos, y a mi corta edad, no pude entender la nota, con los años me enteré de que era parte de un poema de Stella Díaz Varín. Creo que ella tampoco estuvo tan consciente de lo que transcribió, menos de lo que esa nota provocó en mí. Desde entonces nuestros encuentros no se fundaban sólo en compartir la colación, también hablábamos de metáforas y de rimas y de escritores, de esos de los que nunca nos habló la profesora de castellano.

Cuando estábamos en sexto básico, le pusieron un apodo a Lázara "la hija del traficante", cosa que en principio la devastó y algunas semanas la hundió en la más absoluta tristeza, hasta que la abuela Leandra la llevó a la playa por unos días. Cuando regresó, pude notar que su actitud era diferente, ¡el mar es lo más hermoso del mundo!, me dijo, y luego cerró la conversación con una de aquellas frases raras que usaba: *Vengo limpia de alma, amigo.*

Desde entonces asumió ese apodo con naturalidad, como quien acepta que le llamen "orejón" o "gordo" o "fea".

Fue a comienzos de año, cuando rendíamos el octavo básico, mi madre, volviendo a casa de una reunión de apoderados, muy enojada me prohibió juntarme con Lázara, argumentando que esa amistad me perjudicaría.

Claro que no hice caso a sus palabras, ni a las del profesor de matemáticas, ni a mis compañeros, que ya llevaban tiempo llamándome "mariquita" por juntarme con niñas, por leer poesía, porque a todos hay que llamar de alguna forma peyorativa para hacer más amena la vida seca y aburrida de una escuela mísera, con profesores hastiados de impartir clases todo el día y todos los días sin descanso, en aulas de paredes descascaradas, con mobiliarios rotos y cuarenta o cincuenta chiquillos *flacuchentos*, deslavados y gritones.

Las cosas cambiaron paulatinamente, no fue un cambio de un día para otro, no, primero fueron esos cortes en sus muñecas, cortes profundos que cicatrizaban de una forma agresiva y vulgar, teñían su piel blanca de un color amoratado, luego estos cortes se tornaban carnosos. Fue en ese mismo período cuando comenzó a vestirse de negro, dejó de ir a la escuela, dejó de hablar conmigo y se encerró por meses en su habitación de niña humilde, pero con dinero suficiente para rodearse de peluches, cubrecamas de seda y cojines de pluma. Cosas, ella tenía cosas, que el resto de la *pobla* no tenía, pero no por eso dejaba de ser pobre, todo lo contrario, mientras más aumentaba en capital el negocio de su padre, ella más caía en los desechos de la mugre.

Yo le envié notas y en más de una ocasión fui hasta su casa. Su padre abría la puerta medio desnudo, con los ojos desorbitados y el pelo húmedo, me miraba y cerraba la puerta sin siquiera escuchar mi voz.

Supe por unos amigos que Lázara visitaba el "bar de don Pelayo", una cantina cercana a su casa. Yo enterado de eso comencé a visitar el lugar. Ella me miraba desde lejos y me saludaba mostrando en alto su vaso de vino, yo desde mi lugar hacía una seña con la mano, esperando infructuosamente que me invitase a su mesa o que me mirara por segunda vez para yo invitarla a la mía. Pasaban las horas y cerca del amanecer, Lázara se marchaba, siempre acompañada de algún borracho, o de uno de esos hombres que visitan el lugar en busca de alegría, vino, y una niña que cuando ríe se le forman hoyuelos en las mejillas.

Pasaban meses en que no la encontraba, ni en la cantina, ni en el parque y nadie sabía nada de ella, en más de una ocasión pensé que había muerto o abandonado el país.

Hoy por casualidad pasé por el bar, desde el ventanal pude distinguirla, su cabello parecía cortado con un cuchillo o una navaja sin filo, mechones largos y otros cortos le dibujaban un entorno desaliñado. Sus ojos no cambiaron, aún brillan intensamente, aunque le faltan algunos dientes y su piel ya no es tersa como antes, sino llena de granitos y ajada.

Me habló de lo que hablan los borrachos y una que otra vez sonrió dibujando en su cara flacucha una mueca dolorosa.

Al despedirme me pidió dinero. Luego besó mi mejilla, como lo hizo aquella vez que me llevaron a inspectoría por romper el vidrio de la oficina del director. Recuerdo lo nervioso que estaba ahí en la oficina, esperando a mi padre, que de seguro venía molesto, por tener que robar horas a su trabajo, para solucionar los problemas que yo provocaba en la escuela. Me sentía solo, perdido y desgraciado, fue cuando Lázara, eludiendo todos los controles, llegó, besó mi mejilla y así de rápido como entró, salió perdiéndose entre los pasillos. Con ese beso volví a nacer y tuve las fuerzas suficientes para esperar estoico la llegada de mi papá, soportar la odiosa mirada acusadora del director y aceptar el castigo que me dieron.

Salí del bar un tanto mareado, ella quería trabajar, dijo, tener una familia y dejar de callejear. Yo quería volver el tiempo atrás y quedarme en algún instante silencioso del salón de clases de la escuela básica.

Nativa

*L*a *garúa* se desliza humedeciendo los árboles frutales que enmarcan el lugar, los internos de baja peligrosidad deambulan hipnotizados, *empastillados*, la mayoría de ellos oscuros y silenciosos.

Tengo cita con el doctor Fernández, dije a los guardias en la entrada, me solicitaron el *carnet* de identidad y anotaron mis datos en un cuaderno, sin siquiera mirarme. Me encaminé a la sala central. Oye, dame un cigarro, murmuró la mujer parada en frente impidiéndome el paso. Abrí mi bolso y escudriñé buscando la cajetilla. Ella ansiosa movía sus manos, hacía gestos con el rostro. Cuando por fin encontré los cigarros y alcé la mirada, me vi rodeada de unas quince personas, hombres ajados, jóvenes, mujeres, con las palmas abiertas mendigando cigarros. Ahora comprendía por qué nadie quiso venir a atender al doctor Fernández...

Repartí los cigarros como la tía del *Kínder* reparte dulces a los niños, poco a poco se fueron dispersando por fin tuve paso libre y seguí mi camino, recordando todas las veces que pasé fuera del lugar sin notar la vida paralela a la vida diaria y cotidiana.

¿Tenís fuego?, preguntó la mujer, clavando el verde profundo de su mirada en mis manos (no me percaté de que seguía mis pasos) ¿Querís que me lo fume también?, respondí sonriendo. No pasa ná, contestó en tono molesto. ¿Cómo te llamas?, pregunté. Nativa, respondió, echando el humo hacia el cielo. Apuré mis pasos dejándola embelesada con el cigarro.

El doctor Fernández no vuelve hasta las 13:30, me informó la enfermera, (se presentó una emergencia). Llamé a la oficina para informar el contratiempo, con la esperanza de recibir la orden de abortar la misión, tal vez dejar el trámite para otro día. Las indicaciones fueron: no moverme del lugar hasta llenar el formulario de crédito de consumo.

Me dispuse a esperar, salí al patio arrepentida de haber regalado hasta el último de mis cigarros. Sentada en un banco bajo un naranjo, respiré aquel aire de hospital, sin ninguna incomodidad, un halo de paz se allegó a mí, y sentí que me encontraba en un lugar sin tiempo. «¡Me quedaría!», pensé, «lejos del bullicio de la ciudad, aparte del tráfico, las responsabilidades, la venta, la meta mensual, y tantas cosas… me creí a salvo, como si el psiquiátrico fuese un refugio para guerrilleros sin armas, o heridos». «¡Una caja!», me dije, «una caja donde habita gente inerme».

Nativa se sentó junto a mí. ¿Todavía no te vay? El doctor va a llegar en una hora y lo tengo que esperar, respondí algo confundida por su presencia. ¿Quiere un cigarrito?, la miré desconcertada. Abrió un cuaderno y sacó cigarros de entre las hojas, noté que escondía unas fotografías y pregunté ¿tienes hijos? Dos, respondió, en tono agresivo, cerró el cuaderno y se abrazó a él. Yo también tengo dos hijos, declaré, llena de orgullo. A mí no me importa, volvió a usar el mismo tono, sin mirarme y siguió abrazada a su cuaderno.

Unas cuantas personas circulaban por el patio, los internos los atosigaban pidiendo monedas, cigarros y lo que fuese. Nativa no se movía de mi lado, aunque me dejó claro que no quería una conversación íntima.

La *garúa* había cesado y el sol alumbraba los rostros mustios haciéndolos más humanos, ya no parecían los hipnotizados de la mañana, en cambio en ella, la luz hacía estragos, sus ojos verdes se veían inmensamente tristes, su rostro blanco emulaba cal. *¡Mi marío me trajo pa´ca!*, declaró abruptamente en voz baja. Luego, subiendo el tono, ¡porque no quiero vivir más con él! Y me quiere quitar a mis hijos, ¡por eso me trajo! Quise decir algo, pero me fue imposible, la vi tan desvalida que, siendo una desconocida sentí ganas de abrazarla. La enfermera me avisa que el doctor acaba de llegar. Dejé a Nativa saboreando sus penas.

Disculpe el atraso, se excusó el doctor. No se preocupe, contesté indicando los datos a llenar en el formulario. Me contó que era día de visitas para los internos y que algunos podían salir por el fin de semana siempre y cuando algún familiar se hiciera responsable del cuidado de ellos. Si la gente se preocupara de visitarlos, creo que los internos se mejorarían más rápido, terminó acotando el médico. Al salir de su oficina, un sol agresivo se dejó caer en mi rostro, el día había comenzado con llovizna y de a poco se convirtió en un horno húmedo y asfixiante.

Nativa me miró a los ojos por primera vez, pude por fin distinguir ese verde, como un fuego que arde en medio de un blanquecino paraje. ¿Le fue bien? Muy bien, contesté mostrándole mi carpeta de créditos como un cazador se jactaría de su presa. Nativa, poco entendía del asunto, pero me hacía preguntas, acerca de la tasa de interés, seguro de desgravamen, etc. Era evidente que me quería pedir algo, tal vez dinero, o mi bufanda rosada que me comentó encontrarla bonita, muy bonita.

Ya estaba cerca de la puerta de salida de aquel lugar y mi curiosidad fue más fuerte que mi sensatez, sin pensar, mi lengua me condenó, ¿qué me quieres pedir? Tengo permiso para salir, dijo con voz de gata herida, pero nadie me vino a buscar y muero por ver a mis hijos.

¿Y qué puedo hacer yo?, se me ocurrió preguntar. ¡Por favor, diga que es mi prima y que me va a llevar a su casa! No, eso no, contesté rehuyendo sus ojos humillados. ¡Mire, por favor, mire!, mostrándome la fotografía de dos *mocosos* rubios y gordos. ¡Se lo ruego, quiero ver a mis hijos! Su boca temblaba a punto de llorar. Me convenciste, repliqué, arrepintiéndome enseguida de lo que hacía.

Me explicó que debía decir que era su prima lejana y que me habían avisado hace unos días que ella se encontraba en ese lugar y que la llevaría, por el fin de semana, a mi casa. Repetimos dos veces palabra por palabra, así el engaño sería perfecto. Yo temblaba más que ella, me llevó hasta su habitación. Ahí nos encontramos con una enfermera risueña y parlanchina. ¡Señora Alba!, gritó eufórica Nativa, ¡le presento a mi prima Consuelo! Ella viene a llevarme a su casa, la mujer me miró impresionada, Nativa se escabulló, dejándome frente a la mujer que me investigaba físicamente. ¿Usted es la prima? No fui capaz de contestar, hice un movimiento con la cabeza, quise salir arrancando, mi corazón latía a mil. La señora comenzó a echar pastillas en pequeñas bolsas de papel blanco y anotaba sobre ellos horarios y cantidades. De éstas son tres al día, declaró, como dando una orden, luego continuó, el lunes Nativa debe estar a primera hora acá, tiene cita con el neurólogo, debe tomarse las pastillas a la hora indicada. ¡Que no las venda como hizo el mes pasado! Nativa volvía con la cara iluminada y una sonrisa diáfana, que le hacía parecer una niña, con el cabello suelto y su ropa de día de fiesta, lucía fresca, jovial, contenta.

La señora Alba continuaba con sus indicaciones, cuídela, que no tome alcohol, no la deje fumar marihuana, menos esa cuestión de pasta base, tenga cuidado con la parafina... mire que ahora le ha dado por inhalarla. «¡Uy, en medio problema que me vine a meter!», pensé y quise decir la verdad y dejar hasta ahí todo, pero ya estaba atrapada en medio de tremenda mentira.

Me acerqué a Nativa, para que notara mi molestia. Me mintió, ningún marido despechado la trajo aquí contra su voluntad, era una adicta mentirosa y se lo quise decir. Justo en ese momento apareció el doctor Fernández, bajé el rostro y me despedí de la señora Alba, salí corriendo con un montón de bolsitas de pastillas en las manos. Nativa me seguía de cerca.

Llegamos a la salida, no quise mirar atrás para averiguar si el doctor me había reconocido, le entregué mi tarjeta de pase al encargado. Él, sin mirarme, me devolvió el *carnet* de identidad. ¿A dónde vas tú?, preguntó el guardia a Nativa. Voy con mi prima, respondió ella. ¡Pero tienes los pantalones mojados chiquilla! Es que no se alcanzaron a secar, contestó lastimera, la muy cínica. Dígale a la prima que para la otra le traiga ropa, roncó el guardia, increpándome con los ojos, mientras Nativa se cubría con mi bufanda rosada, y miraba al cielo buscando nubes con forma de barco.

Alma

*A*lma limpia su nariz con un trozo de papel blanco, sus ojos hinchados apenas la dejan distinguir el rostro del oficial de guardia. Hay poca gente en el cuartel de Carabineros. Blanca ya viene en camino, le trae cigarrillos, una frazada y agua.

Alma se avergüenza de hacer pasar por este bochorno a su hermana, pero sólo atinó a llamarla a ella, después de salir de esa nube negra que la mantuvo atrapada por horas. Se ha dispuesto a pasar la noche detenida, las condiciones del calabozo no le incomodan pero, el pasar una noche lejos de sus hijos le provoca angustia, miedo y culpa. Las horas mutan con una lentitud amarga.

¡Señora Alma Rosas! La voz del carabinero de guardia le avisa que ha llegado su hermana, él le concede dos minutos para recibir sus enseres. Dos minutos que alcanzan para encargar a Blanca el cuidado de sus hijos, para suplicar que no le cuente nada a su madre, y para abrazarse como hace mil años no lo hacían.   Alma vuelve al rincón oscuro del calabozo.

¿Dónde estabas?, preguntó Erial.

¡Yo no te pregunto de dónde vienes... te llamé toda la tarde y no contestaste el teléfono!

¡Tengo hambre, sírveme comi'a y deja de reclamar!

No queda comida, contesta Alma, mientras se pone el pijama.

¿Cómo que no hay comi'a?

Para eso te llamé en la tarde, la plata se me acabó ayer y como...

¡Bájame el tonito *güevona*!, la interrumpe Erial.

¡Baja el tono tú, los niños están durmiendo!

¡Me tení aburri'ó, no dan ganas de llegar a esta casa de mierda, donde no hay ni un plato de comi'a!

¡Cállate, Erial! Te dije que los niños...

¡Cómo que cállate, perra! Tu no me hací callar a mí...

La empujó sobre la cama. Ella intenta pararse, sabiendo que es imposible, (no tiene las fuerzas para enfrentarlo). Se cubre el rostro con las manos, después del empujón vienen las bofetadas, los golpes de pie y puño, luego la toma del pelo y la lanza contra la pared.

Alma sangra manchando el Decomural® blanco, suplicando a media voz "que por favor se calme", "que los niños van a oírlo".

Así sucede, paso a paso. Como el guión de una película que se repite cada viernes, durante años, desde siempre.

Alma había visto a su padre desdentar a su madre a golpe de puño, por haber osado acompañar a una vecina a una charla sobre sexo, que impartía la municipalidad. ¡Por caliente te pasa!, sentenció Clandestino Rosas, mientras la mujer recogía las muelas y trataba de embutirlas en su boca, chorreando sangre por el pasillo de la casa. Desde entonces la mujer no ríe, tal vez avergonzada por el vacío de su boca, tal vez por la amargura que le provoca seguir viviendo con aquél hombre impotente, e imponente ante los ojos de los demás.

Alma ha guardado silencio, aceptando sumisa una historia, así como lo hizo su madre, su abuela y tantas otras mujeres. Sin embargo, dentro de ella se rebelan ciertas preguntas, pero esto sucede tan al fondo de su mente, que en cuanto lo piensa desaparecen, como la bruma que, apenas, se percibe aún estando en medio de ella.

Al caer rendida en el piso encuentra un destornillador, (seguro que los niños lo sacaron de la caja de herramientas para jugar y lo olvidaron). Lo tomó y lo escondió entre la manga del pijama y su puño, para evitar que Erial lo viera.

Se incorporó, dispuesta como siempre a limpiar sus heridas, a encerrarse en el baño y parapetarse en ese lugar a la espera de que él se duerma o se ponga su chaqueta de cuero y se largue a la calle, para no volver hasta el sábado por la tarde o el domingo al amanecer.

Al erguir su cuerpo se encontró frente al espejo, empotrado a la pared, confrontó de improviso su rostro amoratado, hinchado y deforme. Un hilo de sangre corría por su boca, sintió asco de su visión; la mirada de cordero asustado, la nariz de boxeador fracasado. Se entumeció al percatarse de que ese rostro era ella, un frío bajó por su nuca y a la vez un incendio se despertó en sus entrañas, nunca pensó que al instalar aquel espejo a la pared se condenaba a vislumbrar ese patético autorretrato.

Erial, estaba sentado en la cama con las manos en la cara, movía sus piernas con un obsesivo ritmo agitado, hacía sonar su garganta sin alzar la mirada, como escudriñando algún mundo diminuto entre sus palmas, buscando acallar la voz que retumba en su cabeza hasta hacerla crujir.

Él experimenta una agazapada culpa, esperando que Alma se esconda en el baño, para entonces levantarse y patear la puerta, con reproches a las faltas de respeto que lo obligan a proceder de esta forma y que lo arrastra a las orillas del odio, hasta hacerlo sentir esta culpa de mierda, culpa que no se merece, ya que es ella con su conducta de mujer disconforme, con su vocecita histérica reclamándole, sacándole de quicio; es ella quien lo arrincona y lo obliga a actuar de esta forma. Sólo con pensar en eso vuelve a endiablarse y le dan ganas de seguir dándole, hasta que se le abra la mollera, para que así comprenda que él está harto de este destino aburrido.

Pero esta vez no alcanzó a ponerse de pie, ni a levantar el rostro. Sintió como Alma se acercaba, creyó oírla respirar profundo, cómo animal herido, un remolino de tierra caliente. Y una estocada al cuello lo sacó de su aislamiento, quiso rehuir, atrapar la pequeña y delgada mano antes que volviera a herirlo, mientras la sangre se le escapaba como el agua de un grifo abierto y otra estocada para confirmar el infierno que se le metía por la boca y otra que le derrumbó sobre la mesita de noche, ahí donde está la fotografía de aquel domingo familiar, en que todos reían como burlándose del futuro.

Inocencia

E lla viste las *panty medias* rojo intenso, el collar de cuero también rojo, el maquillaje recargado, el faldón a medio cubrir las ancas. Luce exacta a la puta que han visto alrededor de Plaza Italia con Alameda.

Simón se encandiló con esa figura trasnochada y desde entonces nació su fantasía, él mismo compró las ropas, cuidando no olvidar detalle. Inocencia ya se había disfrazado de militar, de Caperucita Roja, de enfermera y cuanto capricho se le había ocurrido a Simón. A ella le molesta representar personajes, y se lo ha manifestado a su esposo, en variados tonos, un millar de veces. Pero éste argumenta que la rutina lo aburre, que es un juego inofensivo y que no se ponga puritana.

La madre de Inocencia respalda a Simón, todo está permitido en el matrimonio y una, como mujer, ha de satisfacer como Dios manda a su hombre, dice la señora, añadiendo, siempre hay por ahí alguna interesada y capaz de conceder favores a cambio de un poquito de cariño, y entonces los hombres, como hombres que son, se van con la más juguetona y hasta ahí llega la familia, y los hijos se ven obligados a crecer sin padre.

El discurso de doña Dolores ha inundado los oídos de Inocencia quien, a regañadientes, cumple hasta en lo más mínimo las peticiones de Simón, guardando un solapado resentimiento, arrastrando su orgullo, fingiendo orgasmos y recitando palabritas ensayadas, todo lo necesario para hacer de cada encuentro una fiesta.

Frente al espejo retoca su maquillaje, acicala su peluca rubia y el *bretel* que le ahoga; a las siete treinta es la cita, él traerá comida árabe y una botella de vino, ella abrirá la puerta. ¿El señor se viene a atender?, dirá con su vocecita de niña tonta. Simón entrará al dormitorio, y fingirán ser la puta y el cliente.

Inocencia sorbe un té frío, su figura de prostituta no le parece lejana, tal vez sin lucir este atuendo antes ya se ha sentido un instrumento en la impronta con relieves opacos y gastados, una puta capaz de entregar su cuerpo a cambio de una familia.

Se hizo tarde, (él siempre es puntual) encendió otro cigarrillo y marcó el teléfono. Aló, dijo un tanto nerviosa. Escuchó un gran bullicio, pensó haber equivocado el número, quiso cortar. Se oyó la voz de Simón, ¿aló, amor, eres tú? (de fondo bullicio y música). ¿Dónde estás?, preguntó Inocencia.

Con unos colegas celebrando el ascenso de Florencia Pizarro, voy a llegar tarde amorcito, no me esperes despierta. ¡Claro amor!, se apresuró a contestar, y colgó para que él no notara en su voz el llantito ahogado.

¿Cómo lo pudo olvidar? ¡Si su interés en el jueguito es tema desde meses! ¿Cómo es posible?, se pregunta al borde de la ira. Aprieta los puños, suelta la rabia y grita fuerte golpeando la muralla recién pintada de blanco, su voz chillona retumba en las paredes, siente que se libera, que ese grito la encumbra sobre el resentimiento y le da risa actuar como loca, vuelve a gritar, ahora más fuerte, con soberbia, con *bronca*, como niña mal criada, como pájaro que rompe la jaula y se trepa hasta la cornisa.

Se ve al espejo, y se descubre bonita, demasiado maquillaje, pero bonita, deseable, amable ¿tal vez...? No está muy segura de ser amable.

Salió a la calle, abordó el primer taxi que encontró. Déjeme en Plaza Italia por favor. El chofer la mira por el retrovisor... ¿Plaza Italia con Alameda?

Sí, ahí mismo.

Purísima

I

Sara, con su trajecito estampado y la cara llena de lágrimas, se abraza a él como buscando amparo, como la abandonada o la despreciada, llora a mares y hunde el rostro en el pecho de Galio, como si este fuese el padre y no el hijo, como si él la hubiese dejado hace años, apenas destetada. Ese llanto provoca en Galio una repugnancia, esa mujer bella hedionda a ron, embobada a causa de las drogas, lo urge con frases lastimosas, con reproches de niña insolente.

El dramatismo le pone la carne de gallina y siente algo parecido al miedo, algo que a sus cortos años no logra identificar, esa mujer tan esperada por él, por fin se presenta y ya no es significativo, ella nada puede hacer por él, está enferma y drogada. No han transcurrido dos horas desde el encuentro y su único deseo es que termine pronto la escena, la extraña lo acusa, le mira con rencor. Aunque la mujer es físicamente exacta a la que poblaba sus sueños, su forma y naturaleza, no. Ésta parece una niña vívida, olorosa a sexo, que juega a ser víctima, a morir de pena, de amor, a gastarse de noche en medio de la jarana... No, no es ésta la mujer que esperaba Galio.

Al llegar la tarde, Sara se despide con la promesa de volver.

Alejarse del pueblo es su único fin, vagar por lugares desconocidos y comenzar una vida nueva, tal vez para él no existe una tierra prometida, tal vez se quedará solo en medio del desierto, eso no es sustancial, lo único que importa ahora, es escapar, alejarse. Luego, con la sangre fría, se preocupará del futuro.

Ha deambulado un largo rato, el frío de la tarde se posa en su rostro y su nariz suelta los mocos que le corren sobre el labio despertando su conciencia, pasa la manga de la camisa sobre su *ñata* y descubre que ha llorado sin darse cuenta. Sigue su recorrido, exhalando el aroma a carbón y sal que envuelve la región. Cuenta sus monedas, sonríe al percatarse de que le alcanza para el pasaje.

Está huyendo, no hay otra solución, ya había intentado por otros medios salvarse, pero fue imposible. Sara no volverá, su padre... ¡Sepa Dios quién es el padre de Galio! Se acerca a la estación, ahora con la certeza de subir a ese tren, la gente camina a su lado sin sorpresa, esto facilita las cosas, el ser invisible es su fortuna, debe hacer un viaje largo sin que nadie se pregunte, ¿por qué un niño de no más de diez años viaja sin la compañía de un adulto?

II

S u figura de mujer beata, su cansado paso, se pierde en el quejido pulmonar que la acompaña desde que amanece. Cada movimiento que ejecuta provoca en ella un silbido, un crujir de pulmones, una carraspera y el ahogo que le vuelve la cara roja, los ojos grandes a punto de escapar del rostro, la boca amoratada. Se balancea pesada, recorriendo la casa encendiendo velas, vistiendo y desvistiendo santos, rezando, leyendo la Biblia y sus mandamientos, haciendo la señal de la Santa Cruz en su frente, golpeando su pecho enfermo. Por mi culpa, por mi culpa. Y luego el aullido de su garganta, un ayuno prolongado en espera de la expiación, más tarde a misa.

Todo el día reza, todos los días, por los buenos y los malos, por los ricos y los pobres, por la peste y la guerra, por Galio (para que no le falte nunca), reza hasta el cansancio, hasta cuando llega su ángel, recién entonces deja los santos.

Las horas se deslizan con apresurados resoplidos, la tarde se muestra en toda su magia cercada por el mar, un aroma a pueblo penetra las ventanas, la carraspera apaga el silencio, la casa parece una gruta hedionda.

Es tarde, y Galio no vuelve, Purísima enciende velas, reza otra vez. Santa María Madre de Dios... asomándose a la ventana.

El olor a incienso la hace toser, respira hondo, apaga las luces, se sienta a la mesa, enciende más velas. Ave María Purísima, observa el plato de comida frío, frío como su historia. San Pío, San Judas Tadeo, San Lorenzo, a todos les ruega Purísima y de vuelta a la carraspera.

¡No podía tratarse de Sara robando a su hijo! ¡No! Ella había solucionado el problema. Sara no volverá, para eso le ha entregado todos sus ahorros y joyas, ha cambiado su tesoro por un tesoro aún mayor, la sonrisa de Galio y sus ojitos azules como el mar. Sí, la risa de él vale por todas las joyas del mundo. ¿De qué podía servir la riqueza sin amor? ¿De qué? La vida sin Galio no sería vida.

Purísima entiende la soledad y la amargura de la vida, la conoció antes de que llegara su ángel, antes de que apareciera la puta trayendo entre sus brazos una criatura *flacuchenta*, con el *poto* enrojecido a causa del *pichí*. Un niño hediondo; recordaba la tía. Un niño para ella, para cuidarlo y amarlo, aunque fuese por poco tiempo.

Todo se hizo fácil, nunca pensó ser capaz de sacar adelante a una criatura tan raquítica y mal cuidada, desde ese momento se entregó por completo a Galio.

Se suponía que cuidaría de él unos cuantos meses, hasta que Sara se recuperara de una golpiza que le había dado su *cafiche*, y luego, cuando se encontrara entera y bella, iría a visitar a unos parientes al norte y les contaría sobre el nacimiento del *mocoso*. Más tarde, con las cosas claras y un trabajo digno que le diera lo suficiente para subsistir, volvería por él, sacando cuentas esto demoraría entre dos a cuatro meses, dijo la fulana, sonriendo con la alegría propia de los ilusos. Purísima aceptó, sólo serían unos meses de faltar a la iglesia (Dios lo entenderá). Además ella, una santa, no puede negarse cuando una criatura descarriada pide ayuda.

Así fue como pasaron diez años antes de que una carta proveniente del norte advirtiese que Sara volvía por su hijo.

¡No!, gritó la tía, ahogándose en su carraspera, con las venas a punto de salirse de su cuello. ¡Qué se cree esta mierda! ¡Después de diez años…! Sintió cómo la sangre se le subía a la cabeza y el corazón le explotaba en el pecho, se nubló su visión y todo le daba vueltas como en un carrusel.

Unas vecinas la encontraron en el portal con la carta en las manos, temblando. La llevaron a la cama, rezaron con ella, hasta que Purísima se incorporó, le volvieron los colores y sus venas se deshincharon, entonces pudo pensar fríamente y resolvió contestar la carta con un ofrecimiento extravagante, dinero y joyas a cambio de un hijo.

No hubo respuesta a su carta. Supo que su oferta había sido aceptada al ver llegar ese día a Sara olorosa a ron, con el rostro seco por la juerga. ¿Tal vez ella nunca quiso recuperar al muchacho? Lo más probable es que buscaba este tipo de arreglo ya que desde esa tarde, nunca más se supo de ella.

Por lo tanto, no era Sara la culpable del retraso del chiquillo. Del padre de Galio, no había antecedentes, sólo que era un belga que solía visitar Chile por negocios y que en uno de sus viajes conoció a la cortesana del pueblo y la *preñó*. Entonces, por la gracia de Dios, tampoco pudo haber aparecido el *gringo*, hablando español a medias, diciendo *¡Jey, Galio!, yo ser tu padre y venir por ti...* ¡No! ¡Eso era imposible! Imposible y descabellado. Su corazón de madre le anuncia una desgracia, la agobia la incertidumbre, no se va a la cama aunque es tarde y hace frío, enciende más velas y se queda repitiendo: Por mi culpa, por mi culpa y golpeando su pecho hueco.

III

*G*alio mira el paisaje y se despide a medida que el tren avanza, siente el estómago apretado, ganas de vomitar, lleva sólo unas monedas y la ilusión de comenzar su historia desde el minuto en que el tren llegue a destino, borrar entonces sus años de niño viejo, de animal carcomido por el dolor y la calamidad. No conoce a nadie en la ciudad, no tiene un pariente, ni amigos donde pedir asilo, no le importa cuán difícil o peligroso pueda ser el proceso, sólo quiere olvidar, nacer de nuevo, respirar libre y apagar los recuerdos asqueantes de la tía Purísima, su carraspera, su olor a vinagre, a santa mujer de yeso, a velas, a incienso. Baja el rostro por si alguna mirada se fija en él, no quiere ser reconocido, lo angustia la idea de que alguien le comente a la tía haberle visto en el tren, se aterra cuando pasa a su lado el inspector, aunque hace un rato cuando cortó su pasaje sin mirarlo, verificó el número del boleto y la hora de llegada a la ciudad, tal vez pensó que la mujer sentada junto a él era su madre o un familiar.

Revisó por última vez cuánto dejaba en el pueblo, sus amigos, la escuela, el recuerdo de Sara, el mar y sus manjares, la boca de la tía Purísima roncando su nombre, las manos de la tía tocándolo, amasándolo, diciendo a su oído esas palabras sucias (que ella misma le había enseñado que eran sucias), las noches con la tía en la cama besándolo con beso de novia vieja, ahogada en la pasión de un hombre niño, desamparado entre sus brazos, abandonado entre sus piernas, con lágrimas de cachorro demasiado niño, pero amante. Luego rezar y pedir perdón a Dios por un acto al que era obligado. Apretaba los dientes evocando a ese Dios del que la tía hablaba, le rogaba, le suplicaba, que lo sacara de ahí, que mandara a su madre por él, que hiciese un milagro, pero nada. Nunca vio un milagro acercarse, hasta ese momento en que el tren llega a la ciudad.

A corta distancia

Nunca he sido ni seré jamás una mujer sumisa. No, de ninguna manera, ¿seguir los ejemplos de las mujeres de antaño? No, no y no. A mí "el que me la hace me la paga", así de simple.

No voy a soportar malos tratos ni infidelidades, mucho menos mentiras. A mí la mentira me saca de mis casillas y me vuelvo otra, no respondo de mí cuando me mienten, (me voy a negro). Para mí, en las cosas del amor todo es ojo por ojo y diente por diente. Claro que, debido a mi fuerte carácter y mi teoría de no transar por ningún motivo, me veo expuesta a las vejaciones que ahora estoy pasando, entiéndase bien, no me estoy quejando, ya que si me quejase estaría aceptando un arrepentimiento, y ¡por ningún motivo! Yo jamás me arrepiento de lo que hago, menos si lo que hago es con el fin de mantener mi integridad femenina en alto.

Sé que soy, por muchos, apuntada con el dedo, acusada, odiada. Hay quienes al verme arrugan la nariz en señal de asco... Eso no me importa, no por ser condenada o mirada con odio voy a cambiar mi forma y personalidad, aunque sinceramente me gustaría volver el tiempo atrás y cambiar algunos de mis actos que, si tal vez hubiese manejado con más frialdad, hubieran cambiado los hechos.

Siempre, antes de ir a mi trabajo, ordeno la ropa, no me gusta que los calcetines de mi marido se mezclen con mi ropa íntima, mucho menos que la ropa de lana de él quede muy cerca de las toallas de mano. Los hombres son más sudorosos que las mujeres, por eso reviso la ropa de mi esposo, la huelo porque yo conozco su olor, no por celos como anda diciendo la gente. Es simplemente porque debo cerciorarme de que su ropa tenga su olor y no otro, la cuestión de los olores es muy importante para mí, así que no vengan con esas estupideces de *celopatías* y otros cuentos psicológicos. A mí no me cuelguen psicopatías que no tengo.

Ordenando las ropas me di cuenta de la gran mentira de la cual yo era víctima. Una maleta, una inmensa maleta roja, de mujer la maleta, sí, de mujer, y bien sabía yo de qué mujer se trataba. Abrí la maleta enrabiada, casi fuera de mí, respiré profundo, contuve el aire por unos instantes, exhalé, volví a respirar, ya más tranquila, pude seguir con mi tarea de oler una a una las prendas.

¡Era evidente! Él se marcharía de casa y me dejaría sola, tal como me lo advirtió un día antes, el día que encontré ese cabello rubio en su chaqueta, cabello que no era mío ni de él, cabello del que no pudo explicar procedencia. ¡Pero bien sabía yo de quién era!

No le creí cuando dijo que estaba hastiado de mí y mis celos y que se marcharía para siempre. Yo, que jamás me he dejado amedrentar por un hombre, respondí que se podía ir cuando quisiera, que no dependía de él para ser feliz y puse fin a la discusión encerrándome en el baño, me dolía la cabeza y no tenía ganas de discutir con nadie, tomé unas aspirinas y me fui a la cama, luego desperté en Urgencias. Lamentablemente, me confundí de pastillas, tragando una alta dosis de Ravotril®, es que los frascos se parecen mucho entre sí, contesté al policía que me entrevistó en la clínica.

Él, mi marido, se tuvo que quedar en vela asistiéndome y, prometiendo entre llantos, que no me dejaría sola. Es increíble que el cinismo del miserable pueda llegar a tanto, después de todas esas promesas, me encuentro con la maleta lista para emprender un viaje. «¡Que se vaya no más! ¡Que se vaya y no vuelva!», pensé mientras volvía a ordenar la ropa en los cajones clasificada por textura y color.

La maleta olía a humedad, si la dejaba en mi ropero seguramente impregnaría todo de ese olor y para mí no hay nada más terrible que la hediondez, así que lancé la maletita por la ventana del departamento. La miré desde las alturas, la vi rojísima como una inmensa mancha de sangre, me estremecí, la sangre me provoca asco.

Como dije, no soy sumisa, y me cobré la traición del canalla, llenando de alfileres el lado de su cama, luego fui a la sala donde Eduardito jugaba *Nintendo*®, quería despedirme de él, le dije que estaba harta de las mentiras de su papito y que lo mejor sería morirme para no seguir sufriendo tantas bajezas. Con lágrimas en los ojos lo besé, Eduardito me miró sin comprender, fue cuando mi amor de madre me nubló, y supe que si yo moría, lejos de hacer sentir culpa al desgraciado, lo liberaría para darle una madrastra a mi pequeño.

Pensé y hasta pude ver una imagen en el tiempo de él y ella sentados a la mesa riendo y sintiéndose felices, mientras mi niñito crecía sin su verdadera madre. Entonces comprendí que mi muerte sería en vano. Ya les dije, el amor de madre me nubló. No como cuentan algunos que quise dañar al infeliz con este acto. No, para nada, fue el amor de madre, absoluto de madre que me empujó en esos momentos.

Tomé el florero azul, ese de vidrio macizo con incrustaciones de piedras de colores, el mismo que Eduardito me regaló para el día de la madre... lo azoté contra la pequeñísima cabeza de mi niño, él cayó de inmediato convulsionando y clavando su vista en mis ojos. Fue cuando volví a golpearlo una y otra y otra vez, con más fuerza y misericordia, sí, misericordia. Yo no quería que él sufriera.

Jesusita

*C*omo todos los lunes, el profesor jefe del curso, asistido por un auxiliar o inspector del colegio se dan la tarea de revisar los bolsos y mochilas de los alumnos; "es una regla interna" de la escuelita pública ubicada en la zona sur del gran Santiago. Hasta este momento el profesor Arturo Valenzuela no se ha encontrado con nada ilícito, aunque tiene certeza de que en otros cursos han hallado: papelillos de pasta base, yerba, cuchillas, navajas, hasta unas escopetas hechizas; claro que en los cursos superiores al tercero básico que él conduce.

Por eso Arturo hoy se asombra al toparse con un martillo en la Mochila de Jesusita Muñoz, una de las más aplicadas y adelantadas de su clase. El aula entera murmura, mientras Jesusa Muñoz y el inspector Rubén González, abandonan la sala para encaminarse hasta la oficina de inspectoría, donde los espera la directora de la escuela.

En la entrada de inspectoría hay una larga fila de alumnos, todos están acusados del mismo delito, llevar algo "irregular" en sus bolsos escolares.

Jesusa está nerviosa, siente náuseas, y requiere de un gran esfuerzo para lograr henchirse de valentía y esperar estoica su turno de entrar a hablar y dar explicaciones a la señora Isolda.

Se entretiene contando a los alumnos que conforman la larga fila de acusados (Jesusita es alumna destacada en matemáticas). Saca cuentas y cree que su turno será dentro de treinta o treinta y cinco minutos. A no ser que deban expulsar a uno de los alumnos, en ese caso el trámite se alargaría considerablemente, ya que se verían en la obligación de llamar por teléfono a los padres o apoderados del estudiante en cuestión, y los sucesos en este colegio siempre se complican cuando llegan los apoderados, piensa Jesusita.

Recuerda con claridad la vez que llegó don Juan Quiroz, el padre de Samuel.

El hombre estaba muy molesto porque su hijo había sido castigado por el profesor José, el que da clases de inglés y también ayuda en el taller de carpintería a los alumnos de cuarto medio. El señor Quiroz estaba tan enojado que no dudó en sacar su cuchillo y ponerlo en el cuello del profesor, el pobre profe tiritaba y trataba de alejar la mano del apoderado furioso de su garganta.

Se armó el medio escándalo, ya que el inspector Rubén sin darse cuenta, de puro asustado que estaba, activó el timbre, fue una confusión total, aún faltaba media hora para el recreo, a pesar de eso comenzaron a salir los chiquillos del cuarto medio, entonces nosotros también salimos al patio.

Y nos encontramos con la pugna, el asunto estaba pasando de castaño oscuro a negro, como dice mi abuela. Todos teníamos miedo, menos el "Siberiano", como apodan a Jorge Soto del tercero medio B, le dicen así porque tiene los ojos azules. El "Siberiano" se lanzó en ayuda del profe, sin pensarlo siquiera, sacó una pistola que andaba trayendo en el bolsillo de la chaqueta, era una pistola chiquita color plata y bien brillante, yo pensé que era de juguete, pero no, no era de mentira, ya que don Juan en cuanto sintió que el "Siberiano" hizo pasar la bala, soltó de inmediato al profe y se fue prometiendo que donde viera lo mataría.

El profe José quedó muy triste después de ese suceso, lo peor de todo es que el Samuel sigue viniendo a clases, y cada vez que pasa por el lado del profe, le hace un gesto, así como que le va a cortar el cuello.

Jesusa Muñoz escucha su nombre, sorprendida de que la llamaran antes que a todos los que estaban en la fila, esto provocó que los alumnos en espera gritaran una mezcla de chiflidos y palabras obscenas, dirigidos a la chiquilla.

Jesusa, sin inmutarse, entra a la oficina de la señora Isolda; de inmediato se topó con ella de pie muy cerca de la puerta, la mujer lucía parca, un tanto pálida. Antes de que Jesusita saludara a la mujer, ella la encaró, ¿por qué un martillo, Jesusa? ¿De qué te puede servir? Estoy pasmada, tú eres una excelente alumna, jamás me hubiese imaginado tener que recibirte en mi oficina. La directora dejó su monólogo adoptando un gesto maternal. Los ojos de la niña se movieron veloces hacia el rostro de la directora, al parecer Jesusa buscaba la forma más clara de expresar su respuesta, pero las palabras se ahogaban en su pecho antes de nacer.

Ante el silencio de la pequeña, la directora continuó; cada palabra que emitía la mujer, estaba llena de frustración, Jesusita, tu eres muy pequeña no tienes que defenderte de nada, la *micro* de acercamiento te deja frente a tu casa, no tienes que cruzar el sitio baldío, como muchos de tus compañeros mayores. Yo sé y todos en este colegio sabemos que para nuestros estudiantes es un riesgo salir a la calle, que a veces los esperan en la puerta para robarles el celular o para venderles droga, sé todo eso Jesusa, y créeme que quisiera que las cosas fuesen diferentes, pero esos son los problemas actuales, lo que nos tocó vivir, los alumnos más grandes de quinto en adelante, ellos se ven más expuestos, ¿comprendes? ¡No te anticipes niña! Esta vez la mujer hizo una larga pausa esperando alguna respuesta de Jesusa.

Jesusa seguía sin parpadear, sus inmensos ojos brillaban y parecía habitar un mundo muy lejano. Isolda pensó que no encontraría respuesta alguna en la estudiante, se disponía a tomar el libro de anotaciones para estampar el acontecimiento, quiso sentarse en su escritorio cuando notó que Jesusa lloraba. ¿Tiene algo que decir, señorita Muñoz? Isolda adoptó este tono formal intencionalmente, buscando una reacción explicativa en la discípula.

Me quiero proteger de mi papá, dijo Jesusa con un hilo de voz, fue consciente de que era imposible que Isolda la hubiese escuchado, por eso sacó un pañuelo del bolsillo de su delantal, limpió su nariz y volvió a repetir su respuesta, con más fuerza que la primera vez, ¡me quiero proteger de mi papá, señora! De él me quiero proteger.

La mañana se hizo fría con brusquedad, la directora miró los zapatos envejecidos de la alumna, sus ojos inmensos metidos en una ojera negra, las uñas mordisqueadas hasta desfigurar sus dedos, la comisura de su boca herida y un rasguño profundo en la frente.

Caína

i El Hogar de Cristo en invierno es una pura mierda! No puedo dormir, los ronquidos bullangueros de la mujer que está acostada en la cama junto a la mía me vuelven loca, pa' peor y, otra vez, no me dejaron entrar con mis perros y sé que el frío rompe los huesos de cualquier criatura esta noche.

Mañana sin falta iré a la casa de Francisco, lo miraré de frente, justo a los ojos y le diré, "hijo vengo a quedarme en tu casa", ya habrá tiempo para hablar de los errores del pasado, de las faltas que cometí y mi alejamiento extenso, sé que juntos, mi hijo y yo encontraremos la forma de vivir felices. Sí, es definitivo, mañana iré donde mi Francisco.

Oye, Caína, escucho lo que dices, ¿acaso no puedes pensar en voz baja?

¡Ups!, lo siento, ¿por qué *cresta* siempre andai *parando la oreja*, Rebeca?

¡Cállate Caína!, y por favor, reza p pa' calla'o ya, vuelve a gruñir Rebeca, ahora en voz muy baja.

No estoy rezando tonta *güevona*, y cállate tú, será mejor, contesta Caína enojada.

Ya, cállense las dos mierdas antes de que me levante a pegarles un cuchillazo.

¿Y quién le echó ficha a la mona Yobeli? ¿Dime Yobi, quién te echó ficha?

¡Deja dormir Caína, por la *cresta*!

Es que en mi cama hay pulgas y yo tengo la piel delicada...

Mish, no me hagai reír Caína, vo' 'tai llena de pulgas desde hace diez años por lo menos, y me salí con esa de la piel delicá.

¡Ya... mejor a dormir, y no *güeveo* más!, dice Caína y termina con la cháchara.

Se quedó despierta oyendo los ronquidos de la mujer que dormía en la cama más cercana a ella, un olor a vinagre impregnaba el ambiente.

En ese lugar debía haber cuarenta camas, todas ocupadas, los pasillos llenos de bultos con ropa vieja y hedionda. Caína pudo ver cómo la luz aparecía, y pensaba en el frío que estarían pasando la Blanquita, el Toni y la Cleo, sus perros y sus compañeros de calle. Hace tiempo, encontró en esos canes unos verdaderos amigos, a veces basta con que uno de ellos le mueva la cola en señal de cariño para que Caína olvide esa terrible pena que le arde como una herida nueva.

Pasaron al comedor después de ordenar sus trapos, se sirvieron un té con leche calientito y una *marraqueta* con mortadela. Caína guardó la mitad del pan en uno de sus bolsillos y salieron a la calle, la luminosidad del día las cegaba, por lo cual agachaban la cabeza mirando al suelo.

En la esquina siguiente las espera el Pirinola, junto a los perros de Caína. ¿Cómo 'tai?, dice Caína en tono festivo, a lo que el Pirinola responde, ¡'toy rico poh mi reinita, 'toy terrible de rico! Y mire pacá poh, vea lo que le tengo, el Pirinola abre su chaqueta roñosa con sus manos sucias y deja en evidencia una caja de vino tinto. ¡Y está llenita!, terminó exclamando el hombre rebosante de júbilo.

La Rebeca, la Caína y el Pirinola emprendieron su camino hacia el río Mapocho, seguidos de cerca por los perros de Caína. Las calles vacías dibujan una postal lúgubre del invierno santiaguino.

Se sentaron a orillas del río, que en invierno acrecienta su cauce producto de las lluvias. Caína sacó el trozo de pan que guardaba en su bolsillo, lo dividió y lo cedió a sus *quiltros*.

Una vez acabada la caja de tinto, se separaron, el Pirinola *machetea* en el centro, la Rebeca camina hacia Vivaceta, allá los días jueves se instala una feria libre, donde tiene algunos amigos que le regalan pescados y frutas a cambio de algunos favores sexuales.

Caína es mayor que Rebeca y que el Pirinola y, probablemente, mayor que todos sus iguales, indigentes sin hogar. Ella se dedica a recolectar cartones y papeles, los que luego vende a Daniel Valenzuela, un conocido reciclador que vive en un *cité*, cerca de la plaza Brasil.

Se juntaron a las cinco de la tarde en la plazoleta frente al Hogar de Cristo, lloviznaba y un viento frío enrojecía la nariz de Caína. Esta vez fue Rebeca quien sacó la caja de vino, y repartió unos trozos de frituras a los perros que se acoquinaban a los pies de su ama. Caína sorbió un trago excesivamente largo de vino, lo que provocó la risa espontánea de sus camaradas... Eh, eh, eh, dice el Pirinola, aplaudiendo y fingiendo bailar un pie de cueca. ¡Ejaleé!, interrumpe la Rebeca dando una tremenda carcajada.

¡Váyanse a la *cresta* el parcito de *güevones*! Siempre se andan riendo de mí, grita Caína con su voz chillona.

¡Y... pa' qué tan malita ondita Caínita, *cura'ita* y loquita!, alcanza a recitar el Pirinola, cuando Caína se levanta y lanza una patada directo a los testículos del improvisado payador. Él se retuerce intentando recobrar la respiración, indignado recita unos garabatos a Caína, mientras ella se apronta a escapar, el hombre la arrastra de un brazo, impidiendo que se aleje, levanta su mano izquierda para abofetear a su enemiga.

¡Ya poh córtenla con *dar jugo*! ¡Caína, pídele disculpas al Pirinola! Y san se acaba la cuestión, vocifera la Rebeca.

El Pirinola acata la orden de Rebeca y suelta a Caína con brusquedad. La vieja pierde el equilibrio y por poco cae de rodillas, se agacha, saca una botella de entre sus trapos sucios; está roja de rabia, endemoniadamente enojada, apenas puede escuchar los gritos de su amiga Rebeca, la energía de su cólera asusta a los que miran el espectáculo. El Pirinola la ve venir e intenta correr, pero la Caína está *brava* y lo alcanza y rompe la botella en la cabeza de él, resbala agua y sangre por la cara del Pirinola, que con dificultades se mantiene lúcido. Caína sin un mínimo de compasión ni de culpa, vuelve al lugar donde estaba, sus perros ladran enloquecidos. Ella se sienta, cruza sus brazos como si nada hubiese ocurrido y mira al cielo nuboso.

Rebeca agarra su bulto de ropa, que permanecía al lado de los trapos de Caína, sin mirarla se aleja para encontrarse unos metros más allá con el Pirinola ensangrentado, caminan ambos en dirección al SAPU. Algunos amigos del fracasado púgil lo siguen de cerca, a otros poco les importa el combate que acaban de presenciar, también hay quienes miran a Caína con rencor.

No lo puedo creer, la mala suerte que tengo, siempre me toca la cama al lado de una vieja que ronca como bestia, ¡ay, mi *mala pata*, por la *cresta*!

Lo peor es que todo es mi culpa, por no tomar pronto la decisión, por cobarde. Ahora sí, mañana sin falta me voy a la casa de Francisco, voy a llegar de súbito, lo miraré directo a los ojos y…

¡Cállate *mierda*, deja dormir!, dice Rebeca, colocando la almohada sobre su cabeza.

¿A quién vení a hacer callar voh, bruja? Responde iracunda Caína.

¡Ya poh! No se pongan a pelear, ¡quiero dormir, chiquillas!, dice la Yobeli.

¡No te metai Yobeli, voh calla'ita no ma'!, dice Caína sentándose en la cama.

Sabí que más Caína, me tení *chata* con tus peleas ¿por qué no te callai?

¡Ven a callarme vos poh Yobeli!

¡Lo único que digo Caína, es que recís pa' calla'o...!

¡No estoy rezando Yobeli! Sólo digo que mañana... Rebeca la interrumpe, sí, que mañana irás donde Francisco y... Caína enloquece y grita a todo pulmón;

¡Maldita Rebeca, no te metai con mi hijo, porque soy capaz de...!

¡Tu hijo se murió hace diez años, loca de patio! ¿*Acaso* olvidaste el incendio?

¡Duérmete por la misma mierda, Caína! ¡Y no te olvidí que tu hijo se murió y, al igual que to'itas nosotras, no tení a donde ir!

Caína ve amanecer. ¡Este frío penetra los huesos!, dice, y piensa en sus perros, que están en la calle.

Clara del Pilar

C lara del Pilar muere en medio de la soledad de la tarde, estoica.

Ni en su peor pesadilla lo anticipó.

Sola, sin que nadie se entere del suceso, ni su hija Clarita, ni los amigos de la botillería cercana, ni Dionisia Soto, amiga y compañera de copas. Nadie lo advierte y Clara del Pilar muere.

¡Estoy temblando de sed, mierda! ¡Dame un vaso de vino!, gritaba Clara del Pilar, mientras Clarita preparaba el almuerzo.

El médico dijo que no debes tomar nada, mamá, contestaba Clarita desde la cocina, secando sus manos humedecidas por el vapor de las ollas.

¡Te estás vengando de mí! ¡Sí, te estás vengando! Me castigas, eres mala conmigo, lloraba Clara del Pilar.

Mamá no me estoy vengando, recuerda lo que dijo el doctor.

¡Ese *güevón*, no tiene la puta idea de lo que dice!

Yo sé que esto es tu desquite hija mía, me estás cobrando el haberme ido de fiesta, me castigas por haberte abandonado, por volver treinta años después, sé que esta es tu revancha, lo sé. ¡Clarita, por la mierda, escucha lo que te digo!

¡Hija, sólo un trago, sólo uno por lo que más quieras!

¡Si no tomo algo, me volveré loca!

¡Me estoy volviendo locaaaaa, Clarita, por favor!

Mamá duerma, dice Clarita, inexplicablemente calmada, como si la paz fuese parte de ella, duerma un rato, repite, mientras le acomoda la almohada y las mantas que la vieja ha desordenado.

¡Te estás vengando, lo veo en tus ojos!, sigue repitiendo Clara del Pilar, ahora en voz baja, acomodando su cuerpo en la cama.

Clarita espía a su madre antes de salir de casa, cierra la puerta con suavidad, mientras Clara del Pilar ronca. Por fortuna el calmante hizo efecto, piensa Clarita, y se aleja en dirección al colegio de su hijo.

Clara del Pilar, agazapada y en silencio, oye los pasos de su hija alejarse...

Sale a la calle en busca de lo prohibido, se asombra de la luz en su rostro, del viento arremolinándole los pelos, de bullicio festivo, de la libertad y del riesgo.

Eso es lo último que recuerda Clara del Pilar, hasta despertar sangrando en su dormitorio. Se incorpora como una serpiente, arrastrando su cuerpo liviano y huesudo en medio de un charco de orina y vidrios. La escena apunta a que ingresó a su casa por el ventanal, rompiendo los cristales con la botella de ron. Sorbe un trago y se templan sus manos, bebe otra vez y ya puede enderezar su espalda y levantar la cara, sus cabellos meados, le humedecen la frente; hurga un trapo para limpiar sus brazos heridos. Recuerda a Dionisia Soto, su entrañable amiga.

¡Si Dionisia estuviese aquí!, grita Clara del Pilar, evocando a su amiga.

Ella, Dionisia, frecuentemente limpiaba sus heridas, cuando una noche de jarana terminaba en gresca, sí, era Dionisia quien le preparaba un vino dulce y tibio con cáscara de naranjas, cuando el despertar era violento, insoportable o aterrador.

Mas, ahora Dionisia no está y sin ella la resaca es el epílogo dantesco de una historia saturada de equivocaciones.

Con dificultad logra ponerse de pie.

Frente al espejo reconoce sus ojos bordados de alambres, clavando en la retina la imagen de una borracha vieja, siente el pecho lleno de pájaros muertos. La sangre se agolpa en su frente.

La tarde se sumerge en ella y ella se ahoga en un caldo tibio de licores, olvida por completo sus heridas, a su hija, a Dionisia, a los amigos de farra que se fueron antes que ella, y que probablemente le esperan en algún lugar. Se arrima a su cama de bronce, se enrosca como un gusano entre las frazadas y los almohadones, respira y ríe, burlándose de sí, y de sus ganas de un último trago de tinto.

Magdalena

E se día mamá se levantó muy tarde, ya que la noche del viernes la pasó con sus amigos en el karaoke. A mi madre le gusta cantar, es que su voz se asemeja a la voz de Thalia, esa cantante bien bonita que sale en la tele.

Mi madre siempre fue hermosa y muy parecida a la mexicana esa, le gustaba imitarla, además mi *mamita* era buena actriz igual que la Thalia, a veces jugamos a emular escenas de teleseries y ella lo hacía requetebien, me encanta jugar a las telenovelas aunque yo no soy nada de buena imitando.

Pobre de mi madre, ella tan distinguida, flaquita y femenina, venir a tener una hija como yo, gorda, fofa y fea. Ella me aconsejaba para que yo me volviera más femenina, pero no hay caso conmigo, ningún consejo me sirvió por más que ella se esforzó.

¡Nunca un hombre se va a fijar en ti, cerda!, me gritaba mi *mamita*. Y con toda razón, yo no puedo parar de comer y mientras más me aconsejaba, yo más hambre sentía. Pobre mi *mamita*, yo sé que le daba vergüenza salir a la calle conmigo.

Pero lo más terrible, el peor momento fue cuando me llené de espinillas y granitos, mi madre se gastó un dineral llevándome a la dermatóloga y comprando millones de cremas, la doctora insistía en que lo mío era nervioso y que no lo iba a solucionar con ningún jabón especial. Fue entonces cuando mamá montó en cólera, ella, mi *mamita* tiene un carácter fuerte, y no le gusta, nunca le gustó que me vinieran a achacar enfermedades que no tengo, por eso mi madre le dijo bien clarito a esa doctora, que yo no tenía ningún motivo para estar nerviosa, ya que jamás me había preocupado de nada y que mi cabecita no daba el ancho para andar cavilando cosas. ¡Usted, señora está loca!, gritó la doctora. Pobre mi *mami*, siempre pasando malos momentos por mi culpa.

Yo me consideré culpable por ser tan fea y gorda, mi pobre madre estaba completamente desilusionada de mí, ella que estuvo dispuesta a perder su figura de modelo por tenerme, sus pechos se soltaron y eso que ella usó cremas para afirmarlos, por mi naturaleza glotona me la pasaba pegada a su pechuga; y fue así como sus pechos se deformaron. Era como que no tenía fondo dijo mi *mamita*.

Con mi madre estábamos solas, éramos ella y yo nada más, me contó que mi padre se hizo el desentendido cuando supo lo del embarazo. Como mi *mamita* es muy orgullosa se hizo cargo solita de mí. Tuvo que trabajar tanto para mantenerme y evitarse la humillación de pedirle limosnas al muy desgraciado. Es verdad que yo no sé el nombre de mi padre, cada vez que mi *mamita* se refería a él lo llamaba el bastardo y me daba miedo preguntar más, aunque algunas veces soñaba con mi padre. Mi madre lloraba cada vez que se le venía encima ese recuerdo maldito.

Un día la escuché hablando con una amiga, ya sé que no es bonito ni de señoritas andar escuchando conversaciones ajenas, es que yo tenía tanta curiosidad por la vida de mi madre, ella no me entregaba información acerca de su trabajo o a donde iba cuando salía con sus amigos, se limitaba a contestar, ¡AL KARAOKE!, cada vez que yo preguntaba algo. Por eso me quedé escuchando, por eso y porque moría por saber el nombre de mi padre, obtener algo de información, no sé, cualquier cosa que sirviera para armar un pasado, un pasado al cual recurrir, para así parecerme en algo a mis compañeras de curso. No saqué nada en limpio, lo único que escuché fueron sus comentarios recurrentes; que yo era tan inservible, que no era capaz de agradecer el sacrificio que ella hacía por mí, lo muy gorda y fofa que estaba el último tiempo. Me dio tanta tristeza por mi *mamita*, ella sufrió tanto por mi culpa.

Un día me dijo, ¡oye vaca hedionda, ponte a hacer ejercicio, o tendré que llevarte en una grúa a la escuela! Pobre mi mamá, claro que tenía razón al sentirse tan decepcionada, yo siempre he sido muy floja, me *da lata* hacer ejercicios, en el colegio igual hago gimnasia y las actividades de educación física, pero me da vergüenza. Yo sé que mis compañeros se reían de mí.

Mi madre me contó que las primeras ojeras le salieron cuando yo nací, se pasaba la noche cuidando de mí, es que fui muy llorona al nacer. Más encima, ella igual trabajaba. Por eso me siento muy orgullosa de ella, la admiro con locura, es tan refinada, estilizada y elegante. Ah... y de carácter, sí, ella es poseedora de una determinación inigualable. Recuerdo las navidades, ella se veía en la obligación de ir a trabajar la navidad y el año nuevo, en esas fechas ganaba el doble de dinero que el resto del año. Yo que siempre fui mal criada me ponía a llorar suplicándole que no me dejara sola, entonces mi *mamita* con el alma rota de tanto dolor que provocaba mi llanto, colocaba una torta entera en la mesa y me decía bien seria, ¡ya, a comer torta y no llorar, las mujeres no lloran *miércale*! El puro tono de su voz me calmaba, comía torta y tomaba bebida hasta dormirme, luego aparecía mamá contenta y llena de regalos.

Yo nunca tuve problemas con mi *mamita*, es lo que trato de explicarle al señor ese, que insiste en preguntar boberías. Insisto, amaba a mi madre y daría mi vida por ella, puesto que ella lo dio todo por mí, su juventud, su belleza infinita, su tiempo, todo su tiempo, ¡sepan, que no volvió a tener pareja! Después de lo sucedido con mi padre, ella siempre dijo que un millón de hombres la cortejaban pero en cuanto se enteraban de que existía yo, pues, hasta ahí llegaba el romance. ¿Cómo no la voy a querer? Ya les dije, ella se inmoló por mí y yo no podía actuar de otra forma, no soy tan mal agradecida como ustedes creen. Seré mal criada como ya les comenté, fea y gorda, pero mal agradecida, eso no, jamás.

Por eso hice lo que hice, por agradecimiento, por amor y admiración profunda.

Hace tiempo que venía sucediendo lo mismo, se repetía la escena cada sábado por la tarde, la mamá se levantaba tarde, culpa de sus amigos que la entretenían toda la noche y le daban trago, casi a la fuerza, decía mi *mamita*. Por eso su cara se hinchaba y los ojos se le colocaban rojos, la *mami* se miraba al espejo y lloraba, lloraba porque se estaba poniendo vieja, lloraba porque yo le robé su juventud, lloraba porque se sentía sola, claro, si yo no soy compañía para nadie, aburrida y amarga. ¡Eres un fastidio!, me decía mi *mamita*, y claro, si la pobre se hartaba estando conmigo.

Ese sábado mi *mami* lloraba y lloraba como todos los sábados por la tarde. Ya le dije al policía ese, que fue un día como cualquier otro, mi madre llorando y yo sin hacer nada, no se me ocurría nada inteligente, es que soy demasiado tonta. Nunca se me ocurre nada interesante o alegre.

En una oportunidad intenté abrazarla para darle consuelo, lo que fue peor. Yo, la culpable de la soledad y desdicha de ella.

¿Cómo iba a lograr confortarla con mi abrazo?

Pensé por largo tiempo en cómo ayudar a mamá, y no descubría ¿cómo? Hasta que me iluminé por completo, me costó tomar la decisión. Lloré con ella, es decir, mientras ella lloraba en el baño, yo lloraba en la sala, las lágrimas nos unían (experimenté una extraña sensación), como si al fin hubiese dado con la fórmula justa para encontrar la paz y la felicidad de mi adorada *mamita*.

Ella, salió del baño, con su bata de terciopelo blanca, un pañuelo blanco pegado a su nariz, se veía hermosa cuando lloraba, majestuosa, como una virgen de yeso, la vi acercarse a la mesa, donde minutos antes yo le había dejado su café cargado y sin azúcar (como a ella le gusta).

Esperé unos minutos tras de ella, mirando directo a su espalda, ella bajó su cabeza para sorber su café, entonces, en ese instante, le enterré el cuchillo en la nuca, ella dio un grito que sonó a chillido de animal, tuve cuidado de que el corte fuera profundo y certero, para no tener que dar más cuchilladas, mamá nunca me hubiese perdonado que dañara su rostro.

Me mantuve firme por largos segundos, sostuve el cuchillo hundido y sin moverlo, hasta que ella se desplomó, hundió su rostro en la mesa, provocando el derrame del café. Sólo entonces saqué el cuchillo, lo dejé en el lavaplatos; mamá odia el desorden.

Con extrema delicadeza, para no dañar su piel, ni su cabello tan lindo, la vestí con la bata nueva (era mi regalo del día de la madre) y la maquillé. Incluso pinté sus uñas, para resaltar sus manos blancas y femeninas.

Biografía de la autora

M ónica Montero F.

Poeta, escritora, chilena, noviembre 1966.

Ha publicado *VARONA*, poesía. (Primeros Pasos Ediciones), libro que obtuvo segundo lugar en Premio Municipal de San Bernardo, año 2012.

Ha sido publicada en antología *"22 voces"* NOVISIMA *Poesía Chilena*, 1994, *GENETRIX*, 1999, *CAJA DE PANDORA*, 2012, y diversas revistas literarias.

Obtuvo primer lugar concurso literario Manuel Rojas, 2012, con el cuento; *Marga*.

Directora de *La Otra Costilla*, revista artística literaria, de distribución nacional y latinoamericana.

Gestora cultural, trabaja en creación de eventos artísticos culturales, congregando artistas nacionales, pertenece a SECH, Sociedad de Escritores de Chile.

Tabla de materias

Colofón

Este libro se imprimió mecánicamente, no sabemos dónde ni cuándo, por algún robot dedicado a la impresión bajo demanda. Por lo tanto, nos es imposible indicar cuántos ejemplares han sido producidos a la fecha ni cuántos lo serán en el futuro. Esperamos que se haya usado papel Bond blanco y una tapa de cartulina polilaminada a color, con una encuadernación rústica mediante *hotmelt*. Por lo menos estamos seguros de haber usado la tipografía *Book Antigua*, en varios tamaños y variantes, para la mayoría de su interior.

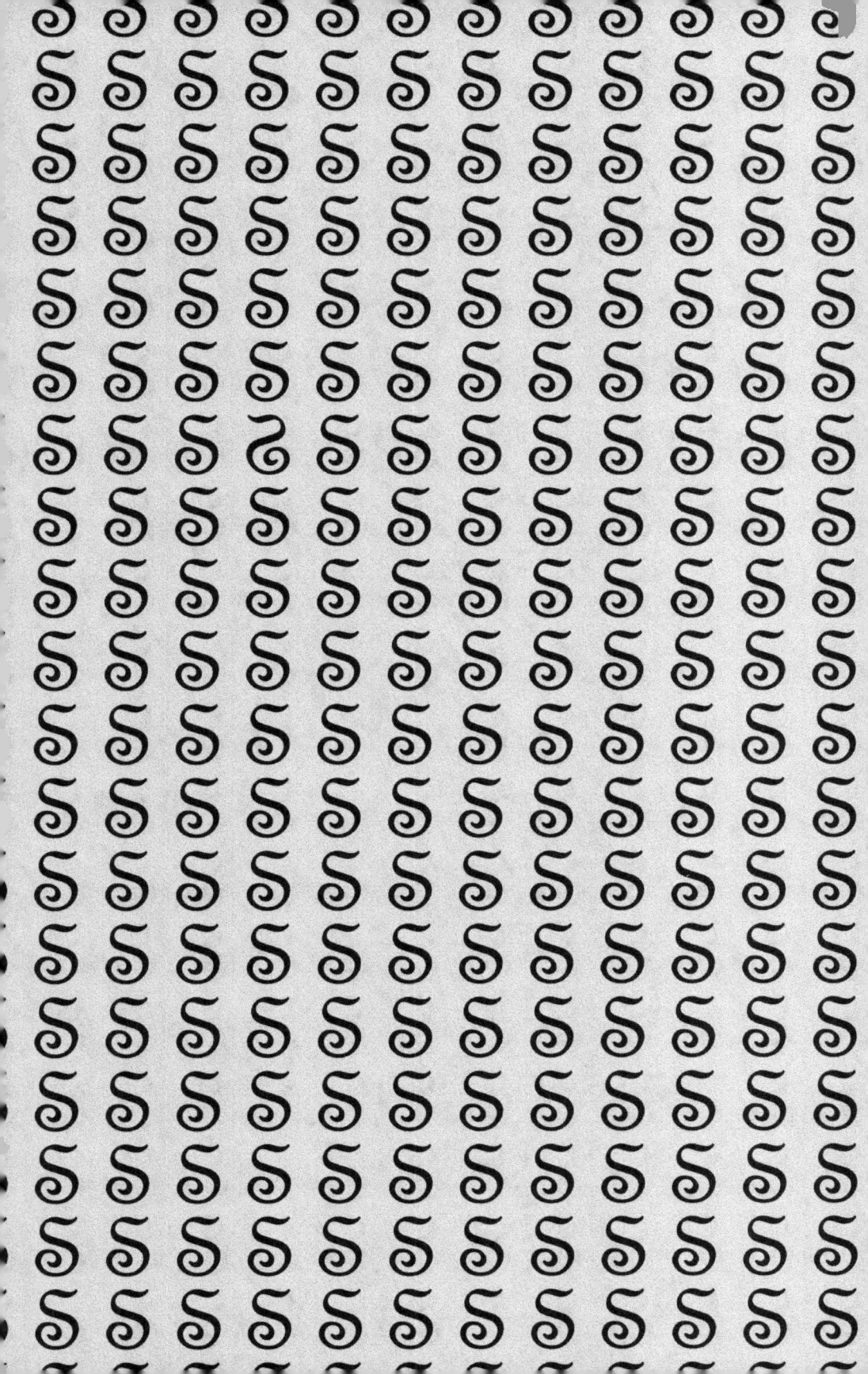

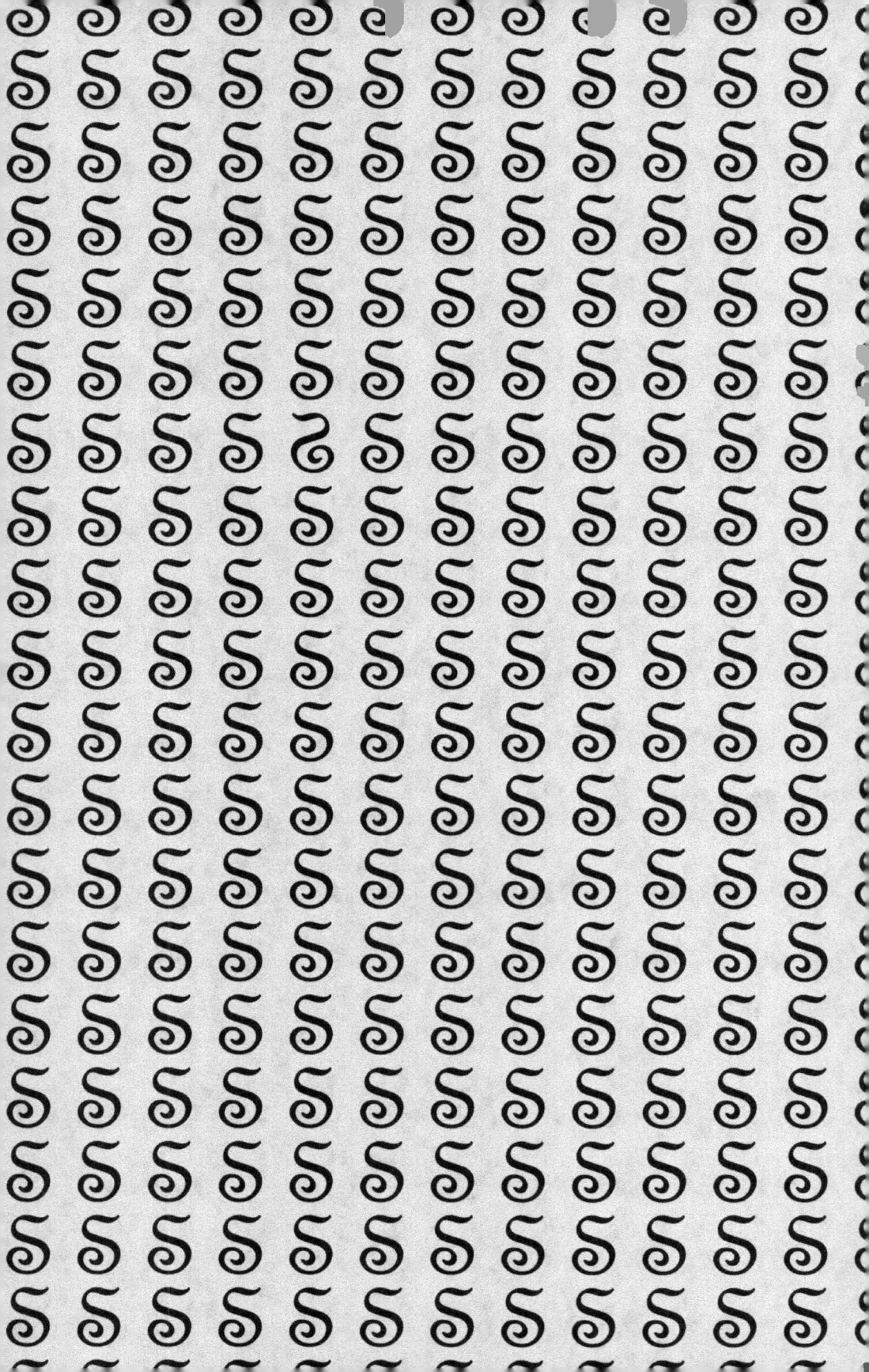